하얀 사슴 연못

하얀 사슴 연못

황유원 시집

창비

당신 안에서 쉬기 전까지, 우리 마음은 정처 없습니다.

inquietum est cor nostrum, donec requiescat in te.

── 아우구스티누스 『고백록』

차
례

제 1 부

백지 위에 실황으로

백지상태

꿈에 백발이 되었다
머릿속에 흰
눈이 내리고 있었다
벌써 강을 다 건너왔다는 사실을 알아버렸을 때
머리 위엔 이미 눈이 많이 쌓여 있었고
머릿속이 새하얘서
머릿속엔 아직 눈이 내리나보다
눈보라가 몰아쳐
한치 앞도 보이지 않게 되었나보다
보이지 않으면 좋다
아무 데로나 가도 상관없으니까 보이지 않으면
찍힌 발자국들도 다 사라질 테니까
이제 나는 다른 땅 위에 서 있다
거기서 뒤돌아본 강 위론 아직 눈이 내리는 듯하고
이제 저기로 되돌아가지 않아도 된다는 거
돌아갈 수도 없다는 사실 하나가
추위 속에 견고해진다
폭설은 백지에 가깝고
가끔 눈부시다

그게 그렇게 좋을 수가 없어 나는 또
백지를 본다
백지를 보여준다
내가 쓴 거라고
내가 쓴 백지가
이토록 환해졌다고

별들의 속삭임

시베리아의 야쿠트인들은
입김이 뿜어져 나오자마자 공중에서 얼어붙는 소리를
별들의 속삭임이라고 부른다

별들의 속삭임을 들어본 건 아마
야쿠트인들이 처음이었을 거다
그들 말고는 그 누구도 그 어떤 소리에
별들의 속삭임이라는 이름을 붙여준 적 없었을 테니까

너무 춥지 않았더라면
너무 추워서 하늘을 날던 새들이 나는 도중 얼어
땅에 쿵,
얼음덩어리로 떨어질 정도가 아니었더라면
별들은 속삭이지도 않았을 거다

별들의 속삭임은 가혹해서 아름답고
아름다워서 가혹한 lo-fi 사운드
그것은 가청주파수 대역의 소리를 원음에 가깝게 재생하
는 데는 별

관심이 없는 아름다움이고

별들의 속삭임을 듣는 자는 시베리아 아닌 그 어디서라도
하늘의 입김이 얼어붙는 소리를 듣는다
추운 날 밖에서 누군가와 나눠 낀 이어폰에서도 별들이 얼어
사탕처럼 깨지며 흩날리는
가루 소리를 듣고

머리가 당장 깨져버릴 것처럼 맑을 때
머리가 벌써 깨져버린 것처럼 맑을 때
그런 맑고 추운 밤이면 사방 어디서라도
별들이 속삭이는 소리 들려온다
무심한 아름다움이다

낮눈

삼청동 카페 이층 창밖 빈 나뭇가지에
텅 빈 말벌집 하나 매달려 있었다
벌써 다 그친 줄 알았던 눈이
다시 내리고 있었다
찬 바람이 불고 있었고
말벌집은 그것이 매달린 가지의 흔들림에 따라
미세하게 흔들리고 있었다
카페에선 늘 음악이 들려오고 있고
음악이 들리면 뭔가 진행되는 것 같다
침묵이 침묵을 깨뜨리며 잠시
활동하는 것도 같다
건너편 테이블에 앉은 중년 여인들이
하나님이 왜 역사하시는지에 대해 떠들고 있었다
돌아가야 할 곳이 있다고 했다
그들이 일상어처럼 사용하는 은혜와 증거와 속죄와 희생
과 지상낙원
같은 말들이 눈 내리는 창밖을 더욱
비현실적으로 만들어가고 있었다
바람에 날리는 눈발이 새하얀 벌떼 같았지만

말벌집이 벌들이 들어가 쉬어야 할 집 같았지만
눈은 말벌집으로 돌아가지 않았고
말벌집은 바람에 흔들리는 가지에 따라
흔들리고만 있었다
여름에 왔었다면 저게 저기 있는 줄 알 수
없었겠지 헐벗은 말벌집
안에 든 저 어두컴컴한 것은 또 대체 무엇일까
생각하는 사이
내리는 눈이 말벌집 위로 쌓여가고 있었다
그러다 깜박 잠든 사이
내리던 눈이 그치고
말벌집 위에 쌓여 있던 눈이
집으로 모두 돌아가 있었다

밤눈

눈이 올 거란 말은 없었다
밤 열한시에 너의 집 문을 열고 나오자
앞산 전체가 희뿌옜고
나는 복도에 쌓인 눈이 밟히는 소리를 듣고도
그게 눈일 거라 생각지 못했다
눈이 아니라고 생각하고 밟는 밤눈 소리는
실제 들려오는 밤눈 밟는 소리보다 지나치게 아름다웠고
나는 눈일 리 없을 거라고 생각했던 눈을 진짜
눈으로 만들기 위해 한번 뒷걸음질 쳐봤다
네가 씌워준 모자와 네가 둘러준 목도리 위로
눈이 쌓이고 있었다
휴대폰을 꺼내 들자마자 또다른 너에게서 전화가 왔고
오랜만이네 거기도 눈 오냐?
응 그나저나 큰일이야 눈이 와도 이제 별
감흥이 없다 퇴근하는 길에 그냥 전화해봤어
그냥 오는 전화처럼
그냥 눈이 내리고 있었다
눈이 내리고 있었다
고양이가 방금 주차된 차 밑으로 기어들고 있었다

눈이 내리자 오늘 밤 눈이 온다는 문장이 찍힌
일기예보가 올라와 있었다
예상 적설량은 수시로 변하고 있었다
문장이 현실을 겨우 따라가고 있었다
그것은 거의 예보에서 중계가 되어가고 있었고
나는 네게 전화를 걸려다 말고 잠깐
복도로 나와보라는 문자를 보낸다
너는 이제 창문을 열고
너는 이제 눈 쌓인 복도를 걷는다
현실이 뒤늦게 문장을 뒤따르고 있었다
앞산의 스카이라인이 지워져가고 있었다
내게는 아까부터 내리고 있던 눈이
뒤늦게 네게도 내리고 있었다

천국행 눈사람

눈사람 인구는 급감한 지 오래인데
밖에서 뛰놀던 그 많던 아이들도
급감한 건 마찬가지
눈사람에서 사람을 빼면 그냥
눈만 남고
그래서 얼마 전 눈이 왔을 때
집 앞 동네 놀이터
이제는 흙이 하나도 없는 이상한 동네 놀이터에서
아이들이 만들어놓은 눈사람을 봤을 때
그건 이상하게 감동적이었고
그러나 그 눈사람은
예전에 알던 눈사람과는 조금 다르게 생긴
거의 기를 쓰고 눈사람이 되어보려는 눈덩이에 가까웠고
떨어져 나간 사람을 다시 불러 모아보려는 새하얀 외침에
가까웠고
그건 퇴화한 눈사람이었고
눈사람으로서는 신인류 비슷한 것이었고
눈사람은 이제 잊혀가고 있다는 사실 자체였다
눈사람에서 사람을 빼고 남은 눈이

녹고 있는 놀이터

사람이 없어질 거란 생각보다

사람이 없으면 눈사람도 없을 거란 생각이

놀이터를 더욱 적막하게 만들지만

한가지 확실한 사실은

눈사람은 아무 미련 없다는 거

눈사람은 녹아가면서도

자신을 만들어준 사람의 기억을 품고 있고

이번 생은 그걸로 충분하다고 생각하고 있고

어쩌면 그런 생각만이 영영 무구하다는 거

사람이 천국에 가는 게 아니라

눈과 사람의 합산

오직 사람이 만들어낸 눈사람만이

천국에 간다는 거

눈사람 신비

한밤중에 뜨거운 물 끼얹으면
좋은 생각이 나는 것 같다
생각이 정리되는 것 같다
사실 그건 생각이 아니라 기분인데
기분이 꼭 생각인 것만 같아
세상에서 가장 훌륭한 기분이 꼭
세상에서 가장 훌륭한 생각인 것만 같은
기분이 든다
집필되지도 않고
연구되지도 않을
지금껏 있어온 중 가장 훌륭한 생각!
눈사람이 제 몸에 뜨거운 물 끼얹어
아래로 평등하게 고이게 된 물이
잘 정리된 생각인 것만 같다
오늘 밤 사라진 육체야말로
지상 최대의 생각인 것만 같아
생각은 육체가 하는 것이 아니라
생각은 애초에 육체의 몫이 아니라
전적으로 우주가 느끼는 기분

생각을 잘 정리해놓고 죽어야지
그러려면 폴더 정리보다는
욕실 청소와 좀더 친해져야 해
뜨거운 욕탕 속에 들어가
천치처럼 목욕물을
이 손바닥 안에서
저 손바닥 안으로
평등하게 옮겨주며
이 밤을 함께해야 해
물 다 식을 때까지
진정으로 좋은 생각을 하다
물 다 식은 줄도 모르고
만면에 미소를 띤 채
곤히 잠들려면

눈사태 연주

오르간 연주자가
오르간을 연주하고 있었다
성당에서의 실황 녹음
도중에 불현듯 창이 활짝
열렸는데도 관계자들 모두
고개를 푹
숙인 채
아무도 그 창 닫으려 하지
않고 있었고
창은 너무 크고
높고
무거웠기에
열린 창으로 세찬 바람
들이닥치고 있을 때
휘날리는 흰 커튼은
꼭 얼어붙은
폭설 같았다
오르간 소리는
폭설의 휘장 속에서 흔들리는 한줌

불빛

저 높은 곳에서

어쩔 도리 없이

무너져 내리는

무너져 내리기만 하는 눈사태 속에서

오르간 연주자가

오르간을 연주하고 있었고

나는 객석에 앉아 그걸 다

받아 적는 꿈을 꾸곤

깨어나 책상 앞에

앉아 있었다

밖에 만년설로 뒤덮인 봉우리

만년필촉처럼 뾰족한 봉우리는

없을지라도

모든 걸 휩쓸고도

모든 게 그대로인

모든 게 그대로인 채

모든 게 휩쓸려가는

필기 소리가 쏟아내는 영 데시벨의

눈사태 속에서
고요한 한장의 시를
받아 적고 있었다
창은 여전히 너무 크고
높고
무서웠기에
아무도 그 창 닫으려 하지
않고 있었고
먼 곳에서 흰 눈이 드러누운 채
단체로 부르는 합창
같은 것들만이
백지 위에 실황으로
녹음되고 있었다
백지 위에
백지가 한장
또 한장

명동대성당
2022년 5월 2일 저녁 8시 손민수 연주회 직후 즉흥으로

멀리서 들려오는 듯이

실은 그리 멀지 않지만

멀리서 들려오는 듯해

그리 멀지 않은 거리를

실제로 멀게 만들어

거리감은 거리의 문제만은

아니어서

결코 멀지 않지만 멀리서 들려오는 듯한

소리를 들으며

따로 떨어져 있지만 아치에서 손잡는

벽돌들과 높은 천장

올려다보며

음악을 들었다

물에 빠진 듯한

피아노 소리

물에 빠진 듯해 더욱

멀리서 들려오는 것인지

멀리서 들려오는 듯해 물에

빠진 것처럼 들려오는 것인지

알 수 없지만 어쩐지 나까지 아주
먼 데로 보내버리는 듯한 음악을 들으며
나는 아주 멀리 갔고
나는 거기 없었고
나는 거기 있었지만
내 숨소리는 아무래도 멀리서
들려오는 것만 같은 소리가 되어 있었고
「골드베르크 변주곡」의 후반부가 이렇게
화려하고 환했던가
새삼 깨달으며
그 환함 속에서 다시 저 멀리서 바로 이곳
신도석으로 돌아와
아리아 다카포*를 들었다
아주
멀리서 찾아온 듯한 아리아
딱 한시간 전에 들었던 아리아를
반갑게 맞이하며
나는 다시 이렇게 가까워졌다

* 바흐의 「골드베르크 변주곡」 BWV 988은 '아리아'로 시작해서 서른개의 변주곡을 거친 후 최초의 아리아를 반복하는 '아리아 다카포'로 끝난다.

불광동성당

불광동성당은 두 손을 모은 모양
도시 한복판에 이토록 큰 고요라니
주민등록등본 떼러 갔다 우연히 들른
오후 두시의 대성전에는 아무도 없고
다만 돌들이 서로 몸을 붙여
물 샐 틈 없는 고요를 만들어주었음
멀리서 아이들 떠드는
소리 들려올 정도의 틈만 허용한 채
그건 꼭 과거로부터 들려오는 소리 같았고
고요는 고요에 몸 밀착시킨 채
곤히 잠들어 있었음
색동옷 스테인드글라스라니
마치 옛날 한국 아이들 같아
불광동성당은 두 손을 더 꼭 모은 모양이 되고
대성전 안으로 들어가기 위해서는 우선
꼭 모은 양손에 이르는 양팔을 걸어가야 함
간절한 손바닥 안 어두운 고요 속으로 들어가본 적 있는
사람이라면
양손을 모으는 게 고요를 모으는 일임을 알 터

고요는 쉽게 모이지 않음

특히 요즘 같은 시대에는

그러니 벽돌공과 목수는 여기 고요를 한데 모아놓고 떠
났음

고요를 위해 굳이 입 닫을 필요 없음

고요가 숨 쉴 수 있는 공간만 마련해두면

고요는 그냥 찾아옴

벽돌을 하나씩 하나씩 차곡차곡 모아

서로 붙여주기만 해도

고요는 이미 옆에 와 있음

그냥 길 가다 우연히 안으로 기어 들어가

잠시 고개 떨구었을 뿐인데

대성전의 돌들이 대신 두 손을 모으고

그 안에 나를 허락해주었음

이것은 인간이 구축한 고요

밖에서 떨어지는 빛이

안에도 떨어지고 있었음

무슨 어린 시절 공터에라도 도달한 듯

아무 거리낌 없었음

계산동성당

이인성, 1930년경, 종이에 수채, 34.5×44cm

요즘엔 침묵만 기르다보니
걸음까지 무거워졌지 뭡니까
한걸음 한걸음 지날 때마다 거기 벽돌이 놓여
뭐가 지어지고 있긴 한데
돌아보면 그게 다 침묵인지라
아무 대답도 듣진 못하겠지요

계산성당이 따뜻해 보인다곤 해도
들어가 기도하다 잠들면
추워서 금방 깨게 되지 않던가요
단풍 예쁘게 든 색이라지만
손으로 만져도 바스러지진 않더군요
여린 기도로 벽돌을 깨뜨릴 순 없는 노릇 아니겠습니까

옛 사제관 모형은 문이 죄다 굳게 닫혀 있고
모형 사제관 안에 들어가 문 다 닫아버리고
닫는 김에 말문까지 닫아버리고 이제 그만
침묵이나 됐음 하는 사람이 드리는 기도의 무게는
차라리 모르시는 게 낫겠지요

너무 새겨듣진 마세요

요즘엔 침묵만 기르다보니

다들 입만 열면 헛소리라 하더군요

그러니 한겨울에도 예쁘게 단풍 든 성당은

편안히 미술관에서나 감상하시는 편이 좋겠지요

길음성당*

눈이 내려도 이상할 거 하나 없는 날이야
누가 갑자기 죽었다고 해도

성당의 가장 낮은 바닥에는 이응이 두개여서
성 — 당 — 이라고 발음하면
생겨나는 넓고 텅 빈 공간 속에서

다시 성 — 낭 — 이라고 발음하면
모은 두 손 같은 기다란 빛과
진하고 둥그런 향기가 생겨나

흘러내리는 뜨거운 땀은 곧
딱딱하고 차가워진 몸으로 드러눕고

이 초는 여기 없는 게 되고 말겠지
그것은 아무 망설임 없이 자신을 모두
빛과 바꾸어버릴 테니까

눈이 내려도 이상할 거 하나 없는 날이야

누가 갑자기 죽었는데
그 누가 바로 나였다고 해도

어디선가 길한 소리가 들려오길 기다리며
캄캄한 머릿속으로 이응을 굴리고 또 굴려봐
눈앞에는 성당 기둥 하나 없고
주머니에는 그 흔하던 성냥개비 하나 없지만

이응을 하나둘 굴려보는 것만으로도
벽돌같이 단단한 만족감을 느끼며
어디선가 타오르는 빛을 응시해
한 귀퉁이
꿈나라의 나라
한 귀퉁이**에서
지금도 생명을 소진해 타오르는 중인
어둠 속 나의 빛을

  * 김종삼 시인의 영결식이 거행된 곳.
** 김종삼 「꿈속의 나라」.

리틀 드러머 보이

그날 너는 Low의 「Little Drummer Boy」 얘길 하다가
드럼통 주위에 모여들어 드럼을 두들겨댄다는
칸나 얘기를 했다
칸나가 잔뜩 피어나 노란 꽃머리로 통 통
아니 파란 양손으로 통 통
드럼을 연주한다고 했던가
송찬호의 시라고 했던가
다음 날 도서관에서 찾아본 그의 시에 심긴 칸나는 그러나
드럼을 치고 있지 않았고
대신 반 잘린 드럼통 속에 심겨 있었는데
나는 순간 너무나도 아름다웠던
너의 얘기 속 연주회를 떠올렸는데
그게 잘 떠오르지 않았다
너에게 다시 얘기해달라고 하면 너는
분명 또다른 얘길 들려주겠지
분명 또다른 연주가 울려 퍼질 거야
길에서 들은 노래는 길에서 돌아오면 잘
생각이 나질 않는다
밤에 만든 노래를 낮에 틀면 어딘가 반드시

고장이 나고 말듯이

아직 크리스마스는 멀었지만

파람팜팜팜

파람팜팜팜

하는 후렴이 울려 퍼지는 노래를 듣는다

드론 음이 지속되는 가운데

하늘에 함박눈 쏟아지는

붉은 앨범 재킷 속에 심겨 하얀 입김 내뿜다

천천히 꽃머리를 치켜드는 칸나가 되어

백색소음

지우개를 한번 갖다 댈 때마다
흰
공터가 생겨나고

거기 빛이 들어요

졸려요
엄마 품에 안기기엔 너무 나이 들어버렸으니
말랑말랑한 지우개 가루 만지며
잠이 들까요

방금 막 열심히 지운 지우개의 가루는
따스해요
건조기에 넣고 돌린 수건들처럼

졸려요 안고 있으면

꿈은 여전히 온갖 선과 색채 들로 가득하겠죠
꿈에서도 지우개가 필요할지

꿈에도 몰랐나요

몰랐나요
'존재는 소음으로 가득하다'라는 그 유명한 명제를?
몰라도 돼요
제가 방금 만든 거니까

건조기 돌아가는 소리 같은 생각들이 자꾸 쿵쾅거리며
머릿속을 들락거리는 밤
지우개를 손에 쥐고 잠을 자볼까봐요
꿈의 한쪽을 하얗게 지워주고 나올까봐요

너무 열심히 지우면 꿈 한쪽이 뜨거워지겠죠
그럼 전 또 집에 불이 난 꿈을 꿀 테고……

괜찮아요
시커메진 곳엔 다시 새 지우개를 갖다 대면 되고
다 타서 재가 된 곳을 위해서라면
지우개를 수백수천개라도 사 오면 될 테니

좋아요 좋아 다 못 지워도 좋아
어차피 다 지울 수 있을 리 없잖아

백색은 못 되더라도
어쩌면 백색소음에는 이를 수 있다는 믿음으로

밤새 흰 눈이라도 내린 듯

하얗게

하얗게

썰매와 아들

나는
썰매에 짐을 싣고 아들을 태운다*
라는 송승환의 시구절을
나는

썰매에 잠을 싣고 아들을 태운다
로
잘못
읽었다
잘못

읽었더니 내 썰매에 갑자기
잠이 실리고
나는 그 잠의 묵직한
무게를 느끼고

나는 썰매도 없는데
썰매도 없는 나의 썰매가 잠의 힘으로 서서히
미끄러지기

시작한다

눈앞에 빙판이 펼쳐지기 시작하고

물론 나는 아들도 없는데
아들을 만들 생각은 추호도 없는데

없는 아들이 뒤에서 나를 꼭 껴안고
나의 잠을 껴안은 채
내 뒤에서 잠들고

나는 나를 껴안고 잠들면서 두 팔의 힘이 풀리는 아들의
잠을 내
　온몸으로 느끼며

다시 썰매를 몬다

다시 보면 잠은 짐이고
잠은 짐스러운 것이고

잠은 짐을 덜어줘야 마땅한 것이지만
잠은 대개 그냥 짐이고

짐으로 남고

나는 무거운 잠에 짓눌린 채
이 앞에 나타날 무언가를
기다리며
(종소리 울려라 종소리 울려
없는 종도 마구 울리며)

힘껏

썰매를 몬다

나를 기다리고 있을 것이 무엇인지 모른 채
그래도 그것을 기다리며
하얗고 어둡게 기다리고
기대하며

잠의 짐을 하나둘
풀며

마음의 짐을 빙원에 뿌린다

그러다 문득
썰매를 멈추고

잠과 잠든 아들을 잠시 썰매에 맡겨둔 채
그것들로부터 멀어져

그냥 아무 생각 없이 바깥을

걷는다

걷는다

걷는다

계속

* 송승환 「에스컬레이터」, 『당신이 있다면 당신이 있기를』, 문학동네 2019.

맑은 종이

하늘은 얼어 있었다
수십마리 양이 밟고 지나가도 깨지지 않을 만큼
튼튼히
언 채
무언가를 지탱하고 있었다
그건 어지간해선 깨지지 않았고

겨울 내내 얼어 있었다
많은 것이 그 위를 걸어 지나갔다
나도 걸어갔고 너는 벌써 어젠가 그저께 이미

얼어 있었을 때 맑았던 하늘이
녹아서도 맑진 않고
그러나 아무리 더러운 하늘도
얼어 있을 땐 무조건 맑다

하늘은 얼어 있었고
라디오에선 마감 뉴스가 흘러나오고 있었다
오늘도 많은 일이 있었지만

잠드는 데 필요한 공간은 다들
이만큼이 전부

말끝마다 욕뿐이던 입들 다
하얗게 얼어붙었다
입만 열면 얼음이 언다
하얀 종이는
맑은 종이

낡고 맑은 종이 울린다
꿈을 한자 한자씩 써넣으면 울리는 종이
손바닥을 갖다 대면
손바닥이 달라붙고
발바닥을 갖다 대면
발바닥이 쩍쩍 달라붙는

종이, 종이 한장만큼의 공간만 있으면 된다
그거면 죽은 내가 들어가기
충분해

우린 겨우 이 정도밖엔 안 된다
안 되지만
죽어라 짓밟고 발아래 가둬도
기를 쓰고 비집고 나오는 그것
그것만 있으면 된다
그것만 있으면 오늘 밤도 어떻게든
건너가지겠지

제 2 부

틴티나불리

거울 겨울

이 거울은
종소리를 낸다

딱 들어맞는 모습을 보여주었을 때
들려오는 맑은 종소리

시간은 평평히 얼어붙었고
그 위를 한발 한발
조심스레 걸어가고 있는
종소리

누가 고개를 들이밀든
맑고 고운 소리를 낸다
낮에도
밤에도
얼굴이 쳐내는 종소리

창밖에는 희고 차가운 것들이 잔뜩
쌓여만 가는데

내 안에서 뿜어져 나오는 입김은
내 안에 달린 종이 살랑, 살랑
흔드는 꼬리

어렸을 때랑 마찬가지로
늙어서도 변함없는
소리가 난다

누군가가
또다른 누군가에게
마음을 쏟는 소리가

틴티나불리*

초겨울 추위 속에 교회 종이 한번 뎅그렁,
내면에 울려 퍼지는 종소리를 들으며
오늘 나의 존재는 종소리 울려 퍼지다 희미해지는 데까지

한겨울 추위 속에 교회 종이 한번 뎅그렁,
내면에 몰아치는 눈보라 소리를 들으며
내일 나의 존재는 도자기잔 속으로부터 대기 중에 울려 퍼지다
대기와 뒤섞여 더는 구분할 수 없게 되는 지점까지

뜨거운 물과 오렌지 향이 나의 내면으로 흘러 들어와
나의 전신에 퍼져나가는 이 겨울

지금 차가운 창밖으로 고개 내밀어
네가 육안으로 볼 수 있는 데까지가 나의 내면
추위로 얼굴 온통 얼어붙고
너의 흰 뼛속에 스민 추위가 스미고 스미다
희미해지는 데까지가 나의 전신
희미해지다 마는 곳 너머까지가 너의 영혼

고요해진 눈밭에 교회 종이 한번 뎅그렁,
잘 정리된 흰 수염 같은 세상
종소리에 모두들 내면엔 금이 가도
외면엔 여전히 차디찬 고드름

쨍그랑, 술잔을 부딪치던 시절은 이제 안녕
술 없이도 취해 있고
더이상 취해도 취할 수 없는 날들까지가 이 겨울의 끝

테이블 위에는
식어빠진 찻잔 속에 곤히 잠든 오렌지차가 한잔

---

* 에스토니아의 작곡가 아르보 패르트의 작곡 기법으로, '작은 종'
   또는 '일련의 종소리'를 뜻하는 라틴어 '틴티나불룸'에서 가져
   온 말.

대합실의 밤

바다가 내려다보이는 마을
그곳 대합실에서 밤새우다보면
나는 어느새 커다란 대합 안에 들어 있고

대합의 입이 점점
닫히고 있는데
나는 대합 밖으로 굳이
빠져나가지 않는 사람 같다

나를 머금은 대합이
아주 오랜 시간을 들여
심해로 내려가고
대합이 입 다물면 잠시

완전한 고독

대합 속의 밤
그러나 입을 앙다문 대합의 아주 작은 틈새도 빛은
놓치질 않아

이 작은 역을 그냥 지나치지 않는 기차처럼
가느다란 광선이 들어와 울려 퍼지는 이곳은 이제 온전히

나만의 기도실

대합실 속에서 밤새우다보면
어느새 대합의 입이 벌어지고
믿을 수 없을 만큼 놀라운 일이 벌어지고
놀란 입이 벌어져 차마
닫힐 줄 모른다고들 하지만

사실 그건 열면 열리고
닫으면 닫히는 것

멀리서 기적이 울면 나는 곧
차창 밖에서
차창 안으로

흘러들고

기차가 출발하면 어느새 나는
차창 안에서
차창 밖으로

쏟아지는 것

내가 차창 밖으로 쏟아지는 데까지가
내가 앞으로 평생
기도드리는 곳

신비한 로레토 교회

로레토, 로레토
발음하는 것만으로도
360도로 두번 회전하여
성가대석으로 올라가게 해주는 3음절

거기서 부르는 성가는
로레토, 로레토
다시 한번 360도로 두번 회전하여
우리를 더 높은 곳으로 올라가게 해주고

로레토, 로레토
서른세개로 된 나선계단의 끝을 향하여
일년에 하나씩 오르면
모두 삼십삼년을 살고서야
성가대석에 앉게 되는구나
하는 생각을 하며
빙빙 도는 사이

로레토, 로레토

위에서는 벌써
그곳으로 가 있는 사람들이 부르는 성가가
회전하는 목소리로 들려오고

그곳에서 바라보는 산타페만의 바다는
내가 저 나선계단을 오르기 전의 바다와 하나
다를 게 없겠구나

한걸음 한걸음 계단을 걸어
올라가다보면
뭔가 되감고 있다는 느낌

한걸음 한걸음 계단을 걸어
내려가봐도
풀리진 않고 다시 또 뭔가
되감고만 있다는 느낌

로레토, 로레토
발음하는 것만으로도

나는 평생을 다 살겠구나

로레토, 로레토
이 교회는 곧
나선계단처럼 차곡차곡
무너져버리고 말리

그리고 우리는 하늘의 계단을 오르리

그러고도 변하는 건 아무것도
없겠구나

돌아가셨다는 말

참 좋다
주위를 둘러보면 돌아갈 곳 없는 사람들 천지이지만
돌아갈 곳 아무 데도 없어도
집도 절도 없어도
돌아가고 나면
돌아가셨습니다,
라고 한다는 거

누구나 결국 돌아가고
누구나 돌아갈 곳이 있다는 거
어디로 돌아갔는진 모르겠지만
흔히들 하는 말처럼 그저 흙에서 와서 흙으로
돌아가버렸는지도 모르겠지만
생각해보면 지난 몇년 사이에만 해도 정말 다들
돌아가셨다는 거
말은 가끔 씨가 되고
돌아가시다, 라는 말이 있어
우리 모두
돌아갈 곳 생긴다는 거

참 좋다

늦은 밤 장례식장 갔다 돌아와도 도무지

돌아온 것 같지 않은 기분인 그런 날

돌아가셨습니다,라는 말의 씨에서 싹이 돋아나

흙을 뚫고 청청하게 솟아오르는 상상에 젖다보면

어느새 세상모르고 다들

잠들어 있다는 거

향

향이 타는 영상 거꾸로 돌리면
모든 연기는 향에게로 수렴되고

향은 연기를 먹고 조금씩
비를 맞고 자라나는 줄기처럼
조금씩
자라나고

이윽고 연기 모두 사라질 때
하나의 온전한 향만이 거기 남는다
붉은 입술처럼
뜨겁지도
사방에 재를 날리지도 않는 고요한
단 하나의
향

그러나 그건 어디까지나 영상을
거꾸로 돌린 것에 불과해
당신이 영상을 보며

감탄하는 동안
당신의 표정이 점점
밝아오는 동안
재는 다 바람에 날려 갔고

눈앞에는 이미
향도
재도
없어
한때 향이
놓여 있었고 재가
어질러져 있던

오로지 고요하고 수평한
테이블뿐

빵의 맛

이것은 칼
이것은 빵
이것들은 테이블 위에 놓인 칼과 빵
빵은 먹으라고 있는 것
칼을 들고 빵을 써는 나
잼은 없고
우유도 없고
칼로 썬 빵만을 먹고 있는 나
내가 든 칼에 몸이 조각나고 있는 빵과
나
내 입안으로 들어온 빵의 맛
웃는 내 얼굴
빵의 맛만이 느껴지는 내 입안
조금 더 웃다가
다 웃고 원래대로 돌아온 내 얼굴
이것은 빵가루가 묻은 칼
이것은 빵이 놓여 있던 접시
이것들은 씻으라고 있는 것
자리에서 일어나지 않는 나

자리에서 일어나 이것들을 씻지 않는 나

놀란 채 나를 쳐다보고 있는

칼과 접시

둘 다 빵가루 묻힌 채

날 쳐다보다 아무 반응도 없자

다시 고개 돌린 채

원래대로 돌아간 칼과 접시

흐르는 물 대신 고인

정적

셋 다 입가에 빵가루를 묻힌 채

잠시 무겁게 고개 숙일 때

빵의 맛이 서서히

사라져가는 속도로

찾아온 밤과

어둠

잠시나마 여기 살았다는 흔적

그건 사라지라고 있는 것

무언어

말이 필요 없다는 말이 좋다

너무 많은 말과 소리
너무 많은 글자들 속에서
이해하지 못할 소리로도 모자라 자막까지 따라 읽어야
하는
피로함 속에서

말이 필요 없는 영화가 좋다

미켈란젤로 프람마르티노 감독의 영화 「네 번」 DVD 뒤
에는
Language 무언어
Subtitles 무자막
Running time 88분
이라고 되어 있었다

매일 저녁 노인은
염소젖과 바꿔 온 한줌의 성당 먼지를

물에 타 마시고
그러면 자신의 병이 나을 거라고
굳게 믿는다

88분간 이어지는 가차 없는 무언어 속에서
말은 자막을 잃고
보는 이는 할 말을 잃고 만다

할 말을 잃고 만 사람의 얼굴에 지어진 표정 위로는
부드러운 먼지가 쌓이듯
무언어가 내려
쌓이고

그는 먼지를 털고 일어나지 않는다
그는 먼지를 털고 자리에서 일어나
휴대폰이나 확인하러 내면 밖으로
걸어나가지 않는다

그 모습 그대로 말없이

엔딩 크레딧이 올라가고

말과 말 사이
말 잠깐 쉬는 곳에서
먼지를 가루약처럼 물에 타 마셨다

멀리멀리 퍼졌다

상선약수*

세수 아니라
세두할 수 있다면
아침에 일어나
세면대로 가서
세수하며 눈곱 떼고
기름기 씻는 대신
머릿속 악몽 찌꺼기며
잡념 때를 씻어낼 수 있다면

바깥귀뿐만 아니라
귓속 저 깊은 곳까지
씻어낼 수 있다면
어제 들은 것
여태껏 귀 따가운 소리
전부 무효로 돌릴 수 있다면

그런데 그렇게 못할 건 또 뭐람
나는 오늘 세면대로 가서
승려가 세수하며 머리까지 씻듯

얼굴과 머리의 경계를 무너뜨리며
얼굴 밖을 씻은 김에
얼굴 안까지 씻어내는 기분으로
얼굴 전체를 씻어본다
물이 괸 양손을
얼굴에 좀더 깊이 갖다 대며
차가운 물의 기운을
얼굴 저 깊은 안쪽까지
보내본다
목마른 사람 목 안에
물 부어주듯
한방울이라도 떨어뜨릴까
조심조심
얼굴 전체를
감싸 안아본다

다만 아침에 한차례 세수하러 가는 것만으로도
모든 게 충분하다고
믿을 수 있다면

모든 게 충분해진 얼굴로
지금 문밖으로 걸어나가
거울 속 나를 보듯
너를 볼 수 있다면

* 上善若水. 노자 『도덕경』에 나오는 말로, '최고의 선은 물과 같다'
  라는 뜻.

언중유골

말에도 뼈가 있다
뼈까지 가보려면
살을 모두 발라내야 하고
살을 모두 발라내면 환하고
단단하게 빛나고 있는
말의 뼈가 드러난다
말의 뼈는 좀처럼 잘 드러나지 않고
보통 말에는 뼈가 없어
흐물흐물한 문어처럼
좁은 구멍으로 기어 들어가 어느새 눈앞에서
사라져버릴 뿐인데
어떤 말에는 뼈가 있어
말의 척추가 곧게 서
환한 기억들 모두 일으켜 세운다
그러면 그날 거기서 만났던 사람들 모두
뼈를 얻어 곧게 일어나
역시 뼈가 있는 단단한 말로 내게
웃으며 말을 건네주고
그러면 나 역시 뼈가 있는 말로

그들에게 단단하고 청명한
울림이 되어주는 것이다
말로는 천당도 짓는다는 말도
실은 이런 의미일지 모른다
얼마나 좋은가
우리는 서로가 서로에게 지어준 천당의 지붕 아래서
잠시 서로의 말이 드러낸 단단한
등뼈를 쓰다듬으며
우리가 헛것임을 잊을 수 있다

겨울 거울

이 거울은 어지간해선 쏟아질 생각이 없다

언 바다가 네모나게 잘린 채 이곳으로 배달돼
밤의 절벽에 그대로 매달려 있는 것만 같은

다시 한번 말하지만 거울은 녹아줄 생각이 없고
어쩌면 세상이 끝날 때까지
버텨볼 생각이다
물로 흩어져 바닥에 흐르지 않고
물을 꽉
붙들고 있을 작정이야

거울아 거울아 세상에서 누가 제일 예쁘니
그딴 질문 말고
거울아 거울아 이제 그만
쓰러져 죽어도 좋아

그것들 땅 위로 다 쏟아지는 날
나는 거기 쪽배 하나 띄워놓고

꽉 쥐고 있던 주먹 스르르
놓아주며
한숨 늘어지게 자볼 테니

그 광경 그대로 얼어붙으면 지구는 아름다운 하나의
수정구처럼 보일 거야

그건 또 누구 컬렉션에 들어갈까

Summa[*]

어두운 뼛속까지 쌓인 차가운 흰 눈 모두
녹게 하소서
눈 녹은 물에 홀딱 젖은 채
비 맞은 개처럼
짖게 하소서
모자란 마음은 과감히
찢게 하소서
찢는 소리가 날카롭고 경쾌해
확실히 내게서 뭔가가 찢겨 나간다는 느낌에
웃게도 하소서
찢어지지 않으면 안 된다는 듯이
찢어지지 않고 가만히 붙어 있는 것은 아무 소용도
없다는 듯이
조용히는 아니고 아주 열렬히
날뛰고 울부짖게
바람 앞 등불로 흔들리게 하소서
이런 밤에 부는 바람은 꼭 하늘에서 찢긴 바람들 같고
찢긴 채로 대기 중에 마구마구 휘날리는 종이들이 다시는
전집으로 환원되지 않게 하소서

그것들이 바로 내 마음이게 하소서

유리잔 영혼

실수로 건드린 유리잔이 울린다
순간 영혼이 생겨났다
사라지는 느낌으로

유리잔에 영혼 같은 건 없겠지만
영혼을 믿는 사람이 지나가다 들으면 잠시
멈춰 서서
성호를 그을 것만 같은 느낌으로

잠시 공중이
고요해진다

유리잔에 대고 후우── 분
입김처럼
고요가 공중에 퍼졌다
사라져

공중은 원래 투명한 것이지만
실수로 건드린 유리잔이 울리지 않으면 우린 그게

투명한 줄도 모르고

오직 실수를 통해서만 영혼 같은 것은
잠시나마 생겨날 수 있다는 듯
우린 자꾸만 같은 실수를 저지르는데

어느 날 실수로 창밖에 내놓은 유리잔에는
흰 눈이 가득 쌓인 채
천천히
녹아가고 있었다

퍼붓던 눈이
비로소 한잔의 물로
고요해져 있었다

제 3 부

하얀 사슴 연못

사슴과 유리잔

맑은 날 강추위 속
멀리서 사슴 울음

사슴의 텅 빈 뿔 속으로
기어드는 추위

추위를 쫓아내지도
반기지도 못한 채
그저 뿔과 하나 된 추위를 느끼며
걸어가는 사슴

걸어가다 간혹 우는데
아무도 들어주진 않지만
혹여나 누가
듣고 있는 걸 알기라도 할라치면 별안간
뚝 그쳐버릴
아무도 안 들어서 아직
깨끗한 울음

맑은 늦겨울 아침
창문을 열었는데
얼굴에 와 닿는 한기

뿔 속에서 추위가 얼어 죽고 나서도
추위를 잊지 못해 계속
추위에 떠는
떨며 머리를 뒤흔드는
머리에 난 뿔
두개

뿔 없는 나는 모르는
뿔 속의 추위를 담은 채
따그닥 따그닥 걸어가고 있는
추위가 하나

탁자 위에는
손톱으로 튕기면
가볍게 떨며 울다

이윽고 울음 그치며
주변의 고독과 완벽히 하나 되어 잦아드는
유리잔이 하나

흰 종이에 물로 1

연못이 고인다   흰 종이에   연못이 살짝 언다   흰 종이 위로   흰 종이 위로 그려진다   동물들이   하나둘 지워지는가 싶더니   금세 다시 옆자리에 그려진다   목마른 꿩과 멧새와 다람쥐 들이   뜨거운 입김 내뿜으며 하나둘 연못가로 와   지워지는가 싶더니 어느새 다시 그려진다   머리 박고 물 마시는 동물들로   흰 종이 위에 다시 한참을 머물다   지워지고   지워지고   ……   다시는 그려지지 않는다   동물들이 떠난 자리   눈과 밤이 종이보담 희고녀!*   적막   연못은 완전히 얼어간다   연못은 언 채로 축성된다   이 세상 물 가운데 성수 아닌 물이 어디 있으랴   꽁꽁 언 성수가 한장의 흰   종이가 되어   지금 당신 눈앞에   오오 말없이   놓여만 있다 ─

* 정지용 「장수산 1」.

하얀 사슴 연못

백록담이라는 말에는 하얀
사슴이 살고 있다

이곳의 사슴 다 잡아들여도 매해 연말이면 하늘에서 사
슴이
눈처럼 내려와 이듬해 다시
번성하곤 했다는데

이제 하얀 사슴은 백록담이라는 말
속에만 살고
벌써 백년째 이곳은 지용의 『백록담』 표지에서
사슴 모두 뛰쳐나가고 남은
빈자리 같아

그래도 이곳의 옛 선인들이 백록으로 담근 술을 마셨다는
기록이 있는 것을 보면
백록은 어쩌면 동물이 아니라
기운에 가깝고
뛰어다니기보다는 바람을 타고 퍼지는 것에 가까워

백록담,이라고 발음할 때마다 『백록담』 표지 밖에서 표지 안으로
돌아오는 것도 같고

하얀 사슴 몇마리가 백록담 위를 찬 바람처럼 달려가고 있을 거라는 생각만으로도 머릿속은
청량해진다
연못에 잠시 생각의 뿔을 담갔다
빼기라도 한 것처럼

사실 지용이 『백록담』을 썼을 때 사슴은 이미 여기 없었다
표지의 사슴 두마리는 없는 사슴이었고
길진섭의 그림은 그저 상상화일 뿐이었는데

어인 일일까
백록담,이라고 발음할 때마다
살이 오른 사슴들이
빈 표지 같은 내 가슴속으로 다시 뛰어 들어와
마실 물을 찾는다

놀랍게도 물은 늘
그곳에 있다

에릭 사티

에릭 사티는
하얀 음식만
먹었다고
한다

달걀
설탕
잘게 조각낸 뼈
죽은 동물의 지방
송아지고기
소금
코코넛
하얀 물로 조리한 닭
곰팡이 핀 과일
쌀
순무
장뇌로 처리한 소시지
페이스트리
(하얀) 치즈

코튼샐러드
그리고 (껍질을 벗긴) 어떤 생선
이상이 그가 밝힌 하얀
음식의 리스트

결벽증
이라는 말은 대개
피곤하게 들리지만
이 경우
매우
아름답고
청결하게
들린다

병적으로 잘 청소한
깨끗한 공간
처럼 보인다
(깨끗한
이라는 말로는

부족하다
무류적(無謬的)
이라고 해야 할
것이다)

흰 눈 소복이 내린 식탁
같을 것이고 아직 아무도 밟지
않았고 아무도 밟을 일
없는 눈밭
같을 것이다

하얀 음식의 이데아
같은 것을
떠올려보게
만들고

하얀 음식만 먹고 산 사티는
눈사람처럼
하얗게

사계절 한구석에 놓여
있다
녹아버렸다
아무도 모르게

아무도 모르게 녹아서
좋았다
누가 알면 귀찮고
피곤해져
혼자 죽는 게
더욱이 아무것도 남기지 않는 게
좋았다

좋았다
사람이 아무것도 남기지 않고 죽을 수는 없는
노릇이지만
아무것도 남기지 않고 죽는다는
생각이

흰 종이에 물로 2

흰 눈으로 그린 그림을 보았다   밖에 종이만 한장 내놓았
는데   하늘이 그리고 멀리서 혼자   바라보는 그림   종이 위
의 눈이 녹는 만큼   종이는 젖어가고   ……   점점 물이   차
오르는 그림   물이 차올라도 여전히   여백으로 남는 종이
위에   울려 퍼지는 물의 진동   두근두근   종이 위로 탄생하
는 물이 어리둥절해할수록   동심원은 점점 더   둥글어지고
종이에 심장이 생겨나고   두근두근   심장이 생겨난 종이는
위에 뭘 그려도 두근거린다   나는 그림 속으로 걸어 들어가
세수를 하고   종명누진(鐘鳴漏盡)이라는 말   종은 여기 그
대로 있지만   종소리는 이미 산을 넘은 지 오래   물시계의
물이 하늘로 올라가   하늘시계 되어 동서남북   사방으로 펼
쳐지고 있었다

양들은 한가로이 풀을 뜯고*

양들은 한가로이 풀을 뜯고
그 풀이 뚝, 뚝
끊기는 소리

양들은 한가로이 풀을 뜯고
왼손으로만 피아노를 치던 피아니스트의 굽은 오른손은
불어오는 바람에 서서히 펴져
나무처럼 자라오른다

양들은 한가로이 풀을 뜯고
이제는 한가한 게 어떤 건지도 잘
모르게 된 나는
저 양들을 보며 비로소 무언갈 깨달아간다

양들이 한가로이 풀을 뜯는 연주는 얼마나 놀라운가
풀 한포기 없는 방을 풀밭으로 만들어놓고
천장을 본 적 없는 하늘빛으로 물들이는 이 연주는,
머릿속을 점령한 채 계속 날뛰는 무가치한 생각들을
스르르 잠들게 하는 이 연주는!

음악은 연주와 더불어 잠이 들고
양들도 이젠 다들 풀밭에 무릎 꿇은 채 그만
잠이 들어
풀 뜯는 그 모습 더는 보여주지 않지만
나는 이제 한동안 음악 없이도 양들이 한가로이 풀 뜯는
모습
머릿속에 그릴 줄 알게 된다

양들은 한가로이 풀을 뜯고
나는 그 풀이 된다

* 바흐 「사냥 칸타타」 BWV 208에서.

거울 속의 거울

다시, 상우에게

영혼은 끊임없이 공명한다
영혼은 없을지도 모르지만

영혼은 어느 날 문득 고원지대에 가서 놀고 있고
육신은 저 아래 버려둔 채
홀로 고원에서 생각에 잠긴다

오전에는 우연히 알게 된 아르보 패르트의 음악을 듣느라
네가 요즘 듣고 있다며 보내준 음악의 링크를 열어보지
못했다

오전 내내 「My Heart's in the Highlands」를 들으며
"내 마음은 하일랜드에 있네, 내 마음 여기 없네,
내 마음은 하일랜드에서 사슴을 쫓고 있네"
라는 로버트 번스의 시구를 들으며
아무래도 도피는 아름다운 것이다
라고 생각했고

네가 듣고 있다는 음악이 마음에 안 들면 대체

뭐라고 답해줘야 하나
조금 난감해하다가

오후도 거의 끝나갈 무렵
어떤 고원의 상태에서
네가 보내준 조용한 링크를 천천히
창문처럼 열어보았다

Arvo Pärt – Spiegel im Spiegel*
이라고 쓰여 있었다

* '거울 속의 거울'이라는 뜻.

워터스톤

엔딩 크레딧 올라갈 때 우연히 본
어쩌다 지나던 개울에서 주운 것 같은
Waterstone
물돌이라는 이름

돌은 물과 꼭 붙어 있고
흐르는 물에 구르고 구르고 굴러
계속 둥글어진다
돌돌돌돌 굴러가며
모나지 않게
사방이 둥근 존재가 된다

워터스톤이라는 이름을 가지면
그렇게 둥근 존재가 될까
아니면 돌을 둥글게 하는
물 같은 존재가 될까
누가 나를 멀리서
미스터 워터스톤?
물돌 씨? 하고 불러준다면

가만히 입안에서 돌처럼 굴려보는 이름
워터스톤
입안에서 구르고 굴러
돌돌돌돌 구르고 굴러
아주 작아질 때까지 구르다
사라져버릴 이름
워터스톤
어느 날 더는 발음할 게
아무것도 남지 않게 될

이 메모를 하는 동안
관객은 다 나갔고
엔딩 크레딧은 거의 다 올라갔고

나는 어느덧
강의 끝자락에 굴러와 있다

뒤늦게 사전을 꺼내 찾아본 물돌의 예문은

"물이 맑아 물돌이 환히 보인다"*

나는 텅 빈 강가에 앉아 환한 물속을 바라본다

* 국립국어원 『표준국어대사전』.

사슴벌레

밤 열한시, 반월(半月)역의 텅 빈 플랫폼

사슴벌레 한마리가 뒤집힌 채
발버둥 치고 있었다

다시 원위치시켜주려고
조심스레 허리를 붙잡아 들어 올렸는데
녀석은 내 손길 거부하며
튼튼한 다리와 턱으로 나를 찔렀고

그때마다 다시 바닥에 떨어져
발버둥 치고 있었다

그런 사슴벌레의 발버둥 침은
아무리 봐도 사슴의 발버둥 침은 아닌
고작 한마리 벌레의 발버둥 침이어서

아무리 발버둥 쳐도 어디선가
사슴 냄새가 풍겨오진 않았고

꽃사슴이 뛰놀며 묻혀 온
꽃향기가 가득해지지도 않았는데

플랫폼에는 여전히
아무도 없었고

어쩌면 나는 지금
밤의 텅 빈 플랫폼에서 홀로 발버둥 치는
한마리 사슴벌레

누가 나를 집어다가
다시 뒤집어줘

더는 반항하지 않을게

아이스크림의 황제

제이크 레빈에게

나는 배스킨라빈스에 절대 가지 않지만

오늘 문자로 도착한 KT 멤버십 생일 쿠폰에 배스킨라

빈스 사천원

할인권이 포함된 것을 보고

오랜만에 배스킨라빈스나 한번 가볼까

하고 생각한다

우리 동네처럼 작은 동네에도 있는 배스킨라빈스

너 반월 왔을 때 딱 한번 같이 가본 배스킨라빈스

차가운 아이스크림 먹고 기뻐하던 네 얼굴이

나는 아직도 눈에 선해

그 장면은 갓 퍼낸 아이스크림처럼

고물 냉장고 같은 내 머릿속에

녹지 않고 남아 있다

이상하다

너는 아이스크림의 황제도 아닌데

내게는 네가 꼭

아이스크림의 황제처럼 생각되는 것이다

그때 그 과도할 만큼의 달콤함이

기억에 묻어 아직도

지워지지 않고 있는 것이다

기억만으로도 벌레가 꼬일 만큼

우리 동네의 자랑인 사슴벌레들이

사방에서 날아와 입을 박고 빨아댈 만큼

그러면 너는 크로넨버그 영화나 카프카 소설 속 주인공
처럼

사슴벌레 여인과 키스하고

사슴벌레 여인이 썩은 나무 안에 한가득 낳는 새하얀 알을

여인과 함께 돌보게 되는 것이다

알을 까고 나오는 자그마한 사슴벌레 황손들의 양육자가
되어

배스킨라빈스31을 365일 매일

갖다 먹이게 되는 것이다

그러기 위해서라도 너는 다시

반월에 찾아올 것이다

오늘 나는 네가 없는 배스킨라빈스 반월점에 혼자 있지만

또 어느 날 너는 내가 없는 배스킨라빈스 반월점에 혼자
찾아와

오늘의 나처럼 그때 그날을 떠올릴 것이다

그날은 참으로 달콤했다고
그동안 뱃살이 늘고 당수치도 늘었지만
다 그럴 가치가 있었다고
삶은 언제나 쓰디쓰지만
잘 살피면 그 안에는 많은 달콤함이
초콜릿 알갱이처럼 박혀 있다고

에스컬레이터

미국 루이지애나주 배턴루지에서
교통사고로 다리를 다친 사슴이 병원으로
뛰어 들어갔다는 뉴스를 보았다
공개된 CCTV 영상에서 사슴은 재빨리 병원으로 뛰어
들어가자마자 로비에서 한번 주욱
미끄러지더니
다시 일어나 에스컬레이터를 뛰어
올라갔다
당연하게도(하마터면 '하필이면'
이라고 말할 뻔했다) 에스컬레이터는
올라가던 게 아니라 내려오던 것이었고
세상에서는 늘 그런 일들만이 당연하고
교통사고를 당한 사슴은 내려오던 에스컬레이터에 난생
처음 뛰어올라
말 그대로 죽을힘을 다해 저 높은 곳을 향해
한발 한발 뛰어
올라갔을 텐데
당장은 어디로도 뛰어 올라갈 일 없는 나는
노트북을 덮고 가만히 책상 앞에 앉아

사슴이 처음이자 마지막으로 뛰어 올라갔을
그 에스컬레이터를 생각한다
가만히 있으면 다시 내려가서
위층으로 가려면 계속 거슬러 올라가야 하는
에스컬레이터를 생각하고
어쩌면 천국은 결국
고작 이층에 있는 것이지만
때로는 이층까지 가기도
그토록 힘들다는 것을 생각한다
천국이 알아서 내려와주면 좋으련만
천국은 저 위에 있어서 우리는 자꾸
올라가다 미끄러지기만 한다는 것을
결국 제압되어 안락사에 이른 후에도
천국은 내려올 생각이 없다는 것을

평화 여백

콘서트홀의 복잡한 인파를 빠져나와
홀로
가장자리를 거닌다

그동안 드넓은 백지 같은 평화가 찾아오길 기다렸지만
생각해보면 내게 찾아온 평화는 모두
여백 같은 평화

음악이 다 잦아들기도 전에 짝짝짝 박수를 치고
자리에서 일어나 우당탕 밖으로 걸어나가다니
가까스로 고이게 된 여운을 아무렇게나 발로
흩뜨려버리다니
대체 다들 뭘
어쩌자는 건가

여백에 낙서라도 하듯
천천히 가장자리를 거닐어본다

다 썼다고 생각한 종이에는 실은

생각보다 여백이 더 많았고

그 여백을 한가로이 거닐어보는 건 생각보다 꽤
괜찮은 일이다
아무 생각도 안 하면 가장 좋겠지만
가장 흰 백지를 가질 수 있겠지만

나는 오늘 이렇게 다 하고 난 생각의 변두리 같은 곳 거닐
고서야
비로소 평화 비슷한 무엇을 느낀다

지금 평화는 어디 높이 있는 게 아니라
그저 평평하다

나는 걷는다

사슴 머리 여인숙에서*

오늘 아침
가슴에 한쪽 손을 올려놓는 것만으로도 가슴속에 사슴 뛰
는 소리 들려온다면
그건 그냥 살아 있는 것만으로는 부족해
삶을 향해 마구 돌진하고 싶다는 뜻이고
삶의 푸른 풀을 마구 뜯어대고 싶다는 뜻인데

그렇게 사슴 다 뛰쳐나가버리고 나면

마침내 홀로 남겨진
텅 빈 가슴속
고요

그 고요의 한복판에서
오늘은 문득

아무것도 안 하고 싶다

* 키스 재릿, 게리 피콕, 폴 모션의 앨범 『At the Deer Head Inn』.

제 4 부

볼륨은 제로가 적당합니다

켜진 불

뇌 한구석에 환히 불이 켜진다
자려고 누웠는데도 한참 동안
꺼지지 않는다
불은 참 밝아서
뇌 주변의 누추한 장면들을 모두 비춰준다
배에서 강에 녹이 슨 철교를 내릴 때 나는 소리 들려온다
공복은 참 깨끗해서
그 강이 바닥까지 보일 듯하고
거긴 참 맑은 물이 흐르고 있을 것만 같아
일어나 물 한잔 마시고
다시 누우면
꿈속이 다 환하다
잠이 안 오는데도 참
깨끗한 풍경이 펼쳐진다
어쩌면 잠은 내게 필요치 않다
어쩌면 나는 일어나 강 위에 내려진 다리 위를 걸어가야
한다
그 다리 위에서 보는 강은 또
흘러가는 꿈처럼 조용하고

오늘은 잠을 못 이루어도 괴롭지가 않아
갑자기 어디론가 들어가고 싶다
오늘은 어쩐지 어디론가 잠적하고 싶다
잠적할 수 있을 것만 같다 아주 가볍게
평소 습관대로
평소 속도대로 잠시 거닐어보는 것만으로도
이 세상 뜰 수 있을 것 같다
아직 완전히 잠들지도
깨어 있지도 않으니까
이 길 따라가다보면 다다르는 끝에 아무도 없는
오래전에 폐쇄된 수도원 하나 있고
거기서 깨끗하게 굶어 죽을 수 있을 것만 같다
참 깨끗한 공복으로
참 깨끗한 정적 속
그토록 환한 밤 속에서
아침이 오기 전까지만이라도
그러다 나는 또 갑자기
뭔가 참회하고 싶어지는 것이다
여기서 이렇게 개죽음할 순 없겠단 생각이 드는 것이다

총력을 기울인다는 기분으로

그 총력에 내 전 생애가 한쪽으로 전부 기울어진다는 기
분으로

이 수도원에서 다 울고

이 수도원을 파괴시켜야겠단 생각이 드는 것이다

이 밤은 내일 밤으로 전래되리라

내일 밤은 또 그다음 밤으로

뇌 한구석에 켜진 불이 꺼지지 않으리라

포카라

한번 놀란 마음은 좀처럼 가라
앉을 줄 모르고
그렇다고 벌떡
일어서는 것도 아니어서

시체처럼 물 위에 붕 뜬 마음은
어느 날 물결 따라 흘러가다 구석에 툭
처박힌 채
발견되지 않는다

물론 그건 어디까지나 희망 사항
발견되고 싶지 않아도 너무 쉽게 발견되고 마는 마음은
모처럼 너무 일찍 잠들었다 겨우
뜻밖에 걸려온 한밤의 전화 한통에
잠에서 내쳐지고

그런 밤이면 벌써 작년에 떠나온 도시가 이상하게도 눈
앞에
환해

분명 그곳엔 너와 함께 갔었는데
나는 오늘 거기 혼자고
밤의 호숫가를 천치가 되어 이렇게 마냥
걷고만 있는 것이다

천치가 된 마음은 호숫가를 맴돌다
내친김에 최대한 기억에서 높고 선명한 곳
사랑코트 정상까지 다시 무작정
걸어 올라간다
한번 놀란 가슴은 여전히 가라
앉을 줄 모르고

마음에 들지 않아라
나한테 마음 따위가 있다는 사실이
그래도 좀처럼 가라
앉을 줄 모르고
그렇다고 벌떡
일어서는 것도 아닌 저 마차푸차레가
영원히 입산 금지라는 사실만은

썩 마음에 들어

높은 데 오면 정신은 더이상
내려가지 않아
그곳에 앉아 따뜻한 차나 한잔 마신다

다 마신 찻잔 바닥에 녹지 않고 남은 설탕처럼
태연히
남아 있는 마음

귀국일 미정*

---

* 김종삼 「올페」, "귀환 시각 미정" 변용.

아침

네팔의 라이족은 손님이 떠난 후 비질을 하지 않는다
흔적을 쓸어낸다 생각해서

손님은 떠나기 전 직접 마당을 쓴다
자기가 남긴 흔적 스스로 지우며

폐가 되지 않으려 애쓴다
깨끗한 마당처럼만 나를 기억하라고

쓸어도 쓸어도 쓸리지 않는 것들로
마당은 더럽혀지고 있었고

어차피 더럽혀지는 평생을 평생
쓸다 가는 것이겠지만

무엇보다 듣기 좋은 건
아침에 마당 쓰는 소리

언제나 가장 좋은 건

자고 일어나 마시는 백차 한잔

산중에 휴대폰도 없이
삼동(三冬)이 하이얗다*

* 정지용 「인동차」, "산중에 책력도 없이/삼동이 하이얗다." 변용.

작은 종들

파탄 더르바르 광장의 어느 루프탑 식당
난간에 일렬로 매달린
작은
종들

바람 불면 잠시 맑은 소릴 지르다
바람 자면 다시
침묵

꼭 네팔 대지진 때 어미 잃은
강아지들 같지만
어미 배에 일렬로 매달린 작은
젖꼭지들 같기도 한
작은
종들

작은 종은 겨우
작은 종의 울음 울 수 있을
뿐이지만

어떤 날은 작게 울다 그치는 것만으로도 그만
숨이 차

작은 종들에게도 분명
불면의 밤은 있겠지
작은 종들이 지새우는 밤이
큰 종들이 지새우는 밤보다 덜
어둡다고만은 할 수
없을 거야

이른 아침 혼자 옥상에 올라 듣는 작은
종소리
듣다보면 내 귓속에도 주르르 작은
종들이 매달려
내 작은 마음도 하늘에 제 나름대로 길게 울려
퍼질 줄 알게 되고

그러다 그만 사라질 줄도
알게 된다

젖 먹던 힘 다해 하늘에 흘려 쓰는

흰

젖 같은 소리로

오토리버스

갑자기 하늘이 환해지면
켜놨던 불을 끄고

충분한 추위가 없으면
일부러라도 눈을 내려
설산에 오른다

여러 고난을 겪을수록
여러 사람의 고난을 이해하게 되고
나는 여러 사람이 되고

갑자기 하늘 어두워지면
지그시 눈을 감아 그 어둠
두배로 어둡게 만든다

어느덧 두세배로 불어난 어둠 속에서
하지만 두배든 세배든
실은 그냥 같은 어둠일 뿐인 어둠 속에서
하산을 시작한다

함께 내려가는 여러 사람들

다 돌아간 카세트테이프의 나머지 한쪽이
마저 돌아가기 시작한다

담배가게 성자

담배가게 성자는
담배 한개비에서 모든 걸 본다
정작 본인은 담배 한모금 피우지 않으면서

그가 담배에 빨려드는 대신
담배가 그에게 중독된다
담배가 그를 원하지만
그는 아무 말 안 해

아무 말 안 하면 이윽고 담배도
말 걸길 멈추고

그렇게 떠들던 인간도 친구가 나 잠깐 화장실 갔다 올게
하고 사라지고 나면 갑자기 완전한
침묵에 잠기고 말듯

담배가게 성자는
담배 한개비에서 아무것도 보지 않는다
때로 재미로 한두대씩 피워볼 뿐

재미로 한두대씩 피워보는 담배는
담배가게 성자의 속이 별 볼 일 없다는 사실을
연기로써 속속들이 시각화하고

참 다행이다 다들 별 볼 일 없어서
그래도 아직 산간지방에서는 밤이면 별이 자욱한 연기처
럼 떠
사람의 혼을 쏙 빼놓고
그 혼은 누가 불면 휙 날아가버릴 담배 연기처럼
공중에 머물다 사라진다

얼마나 다행인가
여운은 잠시 우리 곁에 머물다
곧
사라진다

air supply

에어 서플라이의 러셀 히치콕은
비싼 돈 내고 공연에 오는 사람들이 늘 최상의 목소리를
들을 수 있도록
평생 담배를 한번도
피우지 않았다는 이야기를 들은 적이 있다

중학생 시절의 어느 여름
98.7MHz에서였다

그후로
우연히 그의 목소리가 들릴 때마다
담배 연기가 걷히는 것 같다

하늘이 맑아지는 것 같다

에어 서플라이가 한창 활동했을 때는 있지도 않았던
미세먼지라는 말까지 사라지는 것 같다

공기가 공급되는 것 같다

요즘 대도시의 그저 그런 공기가 아닌
강원도의 진짜 공기가

강원도의 산들이 높아지고
높아져서 별들에까지 이르고

별들이 차갑게 빛나는 것 같다
방금 나온 이 시원한 무알코올 맥주 한병처럼
별들이 흘러넘쳐 차가운 하늘에 담기는 것 같다

우연히 너와 들어간 양양의 어느 식당에서
수년 만에 에어 서플라이의 노래를 듣고는
밖으로 나와 한동안 멍하니
하늘을 올려다보았다

아무도 없는 틈을 타
잠시 마스크 벗고
청명한 공기를 들이마셨다

최고 음역대에서도 뭉개지거나 찢어지지 않는 맑은 사
운드

최상의 하늘이었다

2D 마음

PC 내장 스피커에서 들려오는
8비트 사운드를 사랑하는 마음
밤에도 낮에도
반짝이던 8비트 사운드
그걸 듣고 있자면
마치 보석을 쓰다듬는 기분
이라고 말하고 싶어지는 마음
보석은 만져본 적 없지만
음향,이라고 말하면
소리의 향기가 만져지는 것만 같아
2HD 디스켓보다는
2D 디스켓을 사랑하는 마음
거기에 들어가는 게임만을 좋아하고
여러번 클리어하던 마음
하나의 매체에
하나의 내용만 담겨
그것에 단 하나의 이름만을 붙여줄 수 있던 물체
2D 디스켓 하나
2D 디스켓에 담고 싶던 360KB 이야기 하나

담아서 바지를 입힌 채
오류가 나지 않도록 조심히 들고 다니고픈
나의 다음 마음

자명종

스스로 우는 이 시계는
어쩐지 자명하다
자명한 이치처럼 자명해서
그 울림이 맑고 깊어
생각만으로는 아무것도
달라지지 않는 것도
자명한 일이라지만
생각만으로도 벌써
이제 막 빛이 번지기 시작한 어느 호수
언저리처럼 변화가 시작되고 있다는 사실 또한
자명한 일이어서
나는 오늘도 이 자명종을 내가
원하는 시간에 맞춰놓고
일을 하거나 잠시 기지개를 켜기도 하며
그때가 오기를
기다리는 것이다
원하는 시간에 자명종을 맞춰놓으면
갑자기 지금 이 시간으로부터 그
시간까지 하나의 긴

문장이 적히기 시작하는 것 같고
나는 이제부터 그 시간 속으로 걸어 들어가
그 문장에 형광색 밑줄을 천천히 긋기
시작하는 것 같아
자명종
미리 정해놓은 시각이 되면 저절로
소리가 울리도록 장치가 되어 있는
현대의 종아
커다란 종도 좋겠지만
커다란 종이 있는 종탑이 있는 성당을
가질 수 있어도 좋겠지만
나는 너 하나로 만족하련다
자명종
자명한 나의
사랑 같은 종아

휴관
월요일의 통영

문 닫은 통영도서관에 들어갔다 나왔다
침묵하는 서가만 바라보다
봉수로 지도 하나씩 들고 나왔다

전혁림미술관 앞에서는 누가 "휴관이라 죄송합니다"
하고는 입에 담배를 물고서 상체를 웅크린 채
바람에 불이 잘 붙지 않는 라이터만 몇번 켜다가
그냥 다 재킷 안에 넣어버리곤
미술관 뒷문으로 들어갔다
전혁림 선생의 아들 전영근씨 같았다

봄날의책방은 문이 닫혀 있었다
앞에 핀 동백 꽃잎만 활짝 열려 있었다

바다 쪽 봉수로를 쭉 걸어 내려와
이년 만에 다시 찾은 김춘수유품전시관은 닫혀 있었다
안에는 아무도 없을 것이었다
관리인도 관람객도
창밖으로 멍하니 바다를 처다보는 그 누구도

심장이 멈춘 몸처럼
그들은 이미 삶을 다 살았고

그들은 이제 없다
심장이 적출된 몸처럼
고요한 공간

가는 곳마다 문을 닫아 잔뜩 남게 된 시간을
길 따라 그냥 쭉 걸었다

너와 함께였다
우리가 함께한 첫 여행
마지막 날이었다

올해 가장 시적인 사건

2020년 올해 가장 시적인 사건은 올해를 불과 한달 남짓 남겨둔 어느 날 일어났다. 봉쇄령이 내린 이탈리아에서였다. 한 남자가 부부 싸움을 하고 집을 나와서는 홧김에 무작정 걸었다. 보통 어느 정도 걷다 돌아오고 마는 사람들과 달리, 그는 걷고 또 걸었다. 그러던 어느 새벽, 그는 아드리아해에 면한 마르케주 파노 지역에서 도로를 순찰 중이던 경찰에게 발견되었다. 야간통행금지령을 위반한 데 대한 과태료를 부과하기 위해 그의 신원을 확인한 경찰은 그만 깜짝 놀라고 만다. 그가 사는 집이 북부 롬바르디아주 코모 지역이었던 것이다. 그는 11월 22일에 부부 싸움을 하고 집을 나온 이후로 아흐레 밤낮을 계속 걸어왔던 것이다. 길을 가다 만난 사람들에게 음식을 구걸하며 그곳까지 걸어왔다는 그의 수중에는 돈이 한푼도 없었다. 이미 실종 신고가 되어 있는 상태였던 남자는 원래 벌금으로 사백 유로, 그러니까 우리 돈으로 대략 오십삼만원을 내야 했지만 경찰은 위반 경위를 참작해서 일단 부과 통지를 보류한 상태라고 했다. 관련 기사에는 그가 걸어온 길이 구글맵에서 캡처되어 있었고, 그 길은 자로 그은 듯 거의 직선이었고, 그것은 그가 말 그대로 그냥 전진하기만 했다는, 아무 생각 없이가 아니라 아무 생각도 없게 하기 위해 오로지 전진할 수밖에 없었다는, 그리고 실제로 그렇게 했다는 증거였다. 그는 왜 멈추지 않았을까. 왜 사백이십일 킬로미터나 되는 직선거리를, 서울에서 제주도까지의 거리에 육박하는 그 거리를 묵묵히 걷기만 했을까. 무슨 이탈리아의 현대판 성자라도 되는 양 부부 싸움을 한 모든 이들을 위해 그 길을 걸어주고 있었던 것은 아닐 것이다. 부부 싸움을 하고도 멀리까지 걸어가진 못하는 이들의 마음만큼 걸어주고 있었던 것도, 봉쇄령 때문에 밤에 밖으로 나와 걷지도 못하는 모든 이들을 위해 법을 무시해가며 걸어주고 있었던 것도 아닐 것이다. 대체 왜 그랬을까. 나도 부부 싸움을 하고 집을 뛰쳐나간 적이 있다. 작년 이맘때였고, 너무 추웠고, 지갑도 들고 나오지 않았고, 그래서 결국 차들이 쌩쌩 달리는 좁은 도로변을 걷다가 얼마 못 가 다시 돌아와서는, 차마 집으로 들어가진 못하고 대신 집 앞 상가 건물로 들어가 그곳 계단에 쭈그리고 앉아 한참을 떨었었다. 그게 그와 나의 차이다. 그게 올해 가장 시적인 사건과 그해 가장 찌질했던 사건의 차이다. 그래도 아직 시는 살아 있고, 누가 뭐래도 아무거나 시가 되지는 않는다. 다행이다.

에어플레인 모드

주말 오후
마루에 누워 듣는 비행기 소리가 좋다
시간은 딱 공항만큼만 넓어져
공항 가본 지도 실은 오래됐지만
공항에 누워 있는 듯
공항이 돼서 누워 있는 듯
아주 잠시 동안이지만
마루에 누워 듣는 비행기 소리가 남겨놓은 굉음이
사라져가는 데까지 좇아가보는 게 좋다
귀로 공간 이동을 하는 게
눈이 내가 없는 곳까지 보는 게 좋다
마루에 누운 나는 이착륙을 하지 못할 테지만
나 대신 이착륙을 해주는 비행기가 날아가는 거리가 좋고
그 비행기를 몰고 가는 기장의 스트레스를 굳이
떠올리지 않으려 애쓰며
카트를 끌며 남이 먹다 남긴 음식이 든 더러운 트레이를
치워주는 승무원의 직업적인 미소를 굳이
떠올리지 않으려 애쓰며
그냥 텅 빈 비행기가 날아가고 있는 거라고

착각하는 게 좋다

착각은 나의 자유

아마도 내게 주어진 유일한 자유일 테고

내 멋대로 생각하는 게

생각하지 않아도 생각이 피어오르는 게 좋다

이제 그만 일어나야지

하고 애써 생각하지 않는 게 좋고

더는 가만히 누워 있지 못할 때까지

가만히 누워 있어보는 게 좋다

이러다 깜박 잠이 들어 아주 멀리까지 나아갔다가

문득 잠들었던 곳에서 다시

깨어난다 한들

나쁠 건 없겠지

혼자서 공중회랑*을 통과해 가는 이 오후가 나는 좋다

* air corridor. 항공기 전용 항로.

아르보 패르트 센터

저희 센터는 탈린에서 35킬로미터 떨어진 라울라스마, 바다와 소나무 숲 사이의 아름다운 천연 반도에 위치해 있습니다. 저희 센터를 방문하실 수 있는 가장 손쉬운 방법은 자가용을 이용하는 것이나, 버스나 자전거 혹은 두 발을 이용해 방문하실 수도 있습니다. 저희 센터 주차장에는 자전거 보관대가 마련되어 있습니다.*

하지만 가장 좋은 방법은 역시 탈린에서 센터까지 두 발로 걸어오는 것입니다. 35킬로미터가 그리 가까운 거리는 아니라는 건 물론 저희도 잘 알고 있습니다. 하지만 멀지 않다면 무슨 소용이겠습니까. 당신은 음악이 가까이 손 닿을 데에 있어서 그것을 찾는 건 아니지 않습니까. 종소리는 또 어떻습니까. 종소리는 늘 사라짐의 장르여서 사랑받습니다. 사라지려면 우선 멀어야 하고, 그러니 사라지기 위해서라면 35킬로미터로도 한참 부족할 테지만 우선은 그 정도로 시작해 몸을 푸는 게 좋겠지요.

먼 거리에 대한 이야기를 꺼내고 보니 최근에 제가 겪은 일이 떠오르는군요. 최근에 외국에서 친구 한명을 사귀었습니다. 귀국 후에도 저는 그 친구와 iMessage로 계속 대화를 이어가는 중입니다. 그것은 그것대로 편하고 다행한 일이지만, 저는 때때로 휴대폰이 원망스럽습니다. 편지지에 천천히 길게 오랫동안 써야 마땅할 문장들이 휴대폰 화면에 조각조각 부서진 채 흩어지고 있으니까요. 하지만 어느 정도 시대에 순응하는 것도 중요한 일이겠지요. 저는 iMessage를 감사하게 생각하려고 노력 중입니다. 메시지 창에 적히는 우리의 문장들이 소나무 숲처럼 자라나고 있다고 생각하려고 노력 중입니다. 그리고 우리의 우정이 끊이지 않는 한, 이 숲은 자라고 또 자라, 언젠가 그 안에 저희 센터 같은 건물을 품게 될지도 모른다고도요.

잠깐 개인적인 이야기를 한다는 것이, 결국에는 저희 센터 홍보 글이 되어버렸네요. 하지만 뭐 어떻습니까. 우리는 늘 멀리 가야 본질적으로 만족하는 부류이며, 멀리 가는 방법은 눈 먹던 토끼 얼음 먹던 토끼가 제각각 아니겠습니까. 이렇게 떠드는 동안, 저는 벌써 센터를 떠나 소나무 숲 안으로 걸어 들어가고 있습니다. 숲으로 들어온 겨울 햇빛이 독서등처럼 켜져 있군요. 이런 독서등 아래서라면 뭘 읽어도 좋겠습니다. 아무것도 안 읽고, 잠시 소나무 뿌리 베고 잠들어도 좋겠습니다. 그럼 숲이 제 잠에 그려진 악보를 천천히 읽어보겠죠.

　누구나 물을 마시듯이 누구나 음악을 들을 수 있습니다.** 하지만 음악을 듣는 일보다 중요한 것은 언제나 음악을 들을 수 있는 상태에 머무는 일.「타불라 라사」리허설 첫날 때 연주자들은 음표보다 빈 공간이 더 많은 악보를 보고는 "음악은 어디 있어요?" 하고 물었었다죠. 휴대폰은 잠시 꺼두겠습니다. 당분간 당신을 찾지 않을 테니, 당신도 저를 찾지 말아주세요. 사라지려면 우선 멀어야 하고, 멀어지려면 아무것도 휴대하지 않는 편이 좋으니까요. 음악을 듣는 일보다 중요한 것은 언제나 음악을 들을 수 있는 상태에 머무는 일. 볼륨은 제로가 적당합니다.

＊아르보 패르트 센터 홈페이지에서.
＊＊비킹구르 올라프손의『가디언』인터뷰에서.

Z치는 물결

그날 바다는 온통 Z였네
그 평지와 경사면에 누워 잠시
쉬고 싶었네
Z는 알파벳의 맨 마지막 글자
Z치는 물결 물결
아버지 화면은 다 꺼버려
어머니 화면도 다 꺼버려
모두가 꺼진 화면에 Z치는 물결 물결

꿈에서 본 그림 같은 바다였네
모든 물결이 Z
Z가 가득해서
나는 그만 그 Z에 드러눕고만 싶었네
푸른 새벽의 Z
이제 다 끝장인 Z

옛 애인과 함께였네
다음 날 다시 가보니 바다는 물이 모두 빠진 채였고
우리 둘은 함께 물 빠진 바다를 걸었네

바다 끝에는 지상의 맨 마지막 건물
한채가 남아 있어
너는 반쯤 무너진 그 건물에서 유일하게 남은 수도꼭지를
찾아내
그 아래 하나 남은 양동이 조심스레 내려놓고는
힘차게 수도꼭지를 틀었네
양철 양동이에 물 받는 소리의
편안함

나는 그 물소리에 그만
드러눕고 싶었네

내밀하다

조강석

1

미처 자세히 생각할 겨를 없이 이 시집을 내밀성의 일원으로 부르기로 했다. 시집에 있는 문장의 힘을 빌려보자면 '생각이 기분인지 기분이 생각인지'에 대한 분별력이 고개를 들기 전에 나는 이 내밀성 속에 잠시 머물렀다. 해설자로 돌아오는 데에는 짧지만은 않은 고요가 필요했다.

내밀성이라니? 잘 알려져 있듯, 밀란 쿤데라가 『참을 수 없는 존재의 가벼움』의 작중인물인 사비나를 통해서 "자신의 내밀성을 상실한 자는 모든 것을 잃은 사람"이라고 말할 때의 내밀성이 있다. 심지어 사비나는 이 내밀성을 기꺼이 포기하는 자는 괴물에 가깝다고 생각한다. 이때의 내밀성은 괴물이 되지 않기 위한, 인간으로서의 존엄성을 가까스로 보존하기 위한 내밀성이다. 그러니까, 모순어법이 되겠으나, 이때의 내밀성은 최소치와 최대치를 동시에 품는다. 어떤 언어가 과대와 과소를 조절하며 스스로를 보존하려는 힘으로서의 내밀성을 보유할 수 있는가?

모든 사물의 내부를 들여다보려는 의지와 결부된 내밀성도 있다. 가스통 바슐라르의 것이다. 사물에는 형태를 초월하는 내밀성이 깃들어 있다는 것이다. 거기엔 존재 특유의 어둠이 한겹, 휴식과 몽상이 한겹, 그리고 양자를 중재하는 질료적 상상력의 역동성이 한겹씩 더께를 이루고 있다. 어떤 시선이 이 더께를 쌓고 풀기를 거듭하는가?

우선 다음과 같은 시를 읽어보자.

삼청동 카페 이층 창밖 빈 나뭇가지에
텅 빈 말벌집 하나 매달려 있었다
벌써 다 그친 줄 알았던 눈이
다시 내리고 있었다
찬 바람이 불고 있었고
말벌집은 그것이 매달린 가지의 흔들림에 따라
미세하게 흔들리고 있었다
카페에선 늘 음악이 들려오고 있고
음악이 들리면 뭔가 진행되는 것 같다
침묵이 침묵을 깨뜨리며 잠시
활동하는 것도 같다

(⋯)

여름에 왔었다면 저게 저기 있는 줄 알 수

없었겠지 헐벗은 말벌집

안에 든 저 어두컴컴한 것은 또 대체 무엇일까

—「낮눈」부분

이 시집에 실린 많은 시에서 사물들은 어떤 내밀함으로의 입사점이다. 일상적 풍경 속에서 포착된 특정 시계(視界)를 통해 사물은 내밀함과 어둠을 동시에 개방한다. 위에 인용된 시의 경우 "삼청동 카페 이층 창밖 빈 나뭇가지"에 매달린 "텅 빈 말벌집 하나"가 바로 그 입구가 된다. 이 시계 속에서 문득 사위는 아득해지고 "삼청동 카페 이층 창밖 빈 나뭇가지"에 달린 "텅 빈 말벌집 하나"만이 초점화된다. 다른 말로 하자면, 세계는 "텅 빈 말벌집 하나"로 내밀해진다. 비단 말벌집만이겠는가…….

작은 종들에게도 분명

불면의 밤은 있겠지

작은 종들이 지새우는 밤이

큰 종들이 지새우는 밤보다 덜

어둡다고만은 할 수

없을 거야

—「작은 종들」부분

이제는 흙이 하나도 없는 이상한 동네 놀이터에서
아이들이 만들어놓은 눈사람을 봤을 때
　　　　　　　　　　　　　　―「천국행 눈사람」 부분

밤 열한시, 반월(牛月)역의 텅 빈 플랫폼

사슴벌레 한마리가 뒤집힌 채
발버둥 치고 있었다
　　　　　　　　　　　　　　　　―「사슴벌레」 부분

탁자 위에는
손톱으로 튕기면
가볍게 떨며 울다
이윽고 울음 그치며
주변의 고독과 완벽히 하나 되어 잦아드는
유리잔이 하나
　　　　　　　　　　　　―「사슴과 유리잔」 부분

　위에 인용된 대목들은 눈에 띄는 대로 옮겨본 것에 불과
하다. 이 시집에는 이처럼 푼크툼이 되는 사물들이 무수히
박혀 있다. 작은 종들, 아이들이 만들어놓은 눈사람, 그리고
텅 빈 플랫폼에서 뒤집힌 채 발버둥 치고 있는 사슴벌레, 유

리잔 같은 것들이 시인을, 우리를 내밀함으로 이끈다. 필자는 언젠가 김수영의 한 산문을 인용해 '결국 시란 우리들의 감각의 역치값을 조정하는 기관'이라고 적은 바 있는데, 이 시집에 실린 여러 시에서 이 확신은 굳어진다. 황유원의 시는 감각의 역치값을 조정하여 평상시의 지각 범위로는 좀처럼 초점화되지 않는 사물과 사건과 사태 속으로 우리를 이끈다.

내밀함의 첫번째 양태는 어둠이다. 내밀함은 선이해를 접어두는 편에 손을 내민다. 그리고 선이해를 잃은 사물은 문득 어둠의 전위가 된다. 이 시집에 실린 여러 시에서 우리는 우선 초점화된 사물 안에 도사리는 어둠과 직면한다("안에 든 저 어두컴컴한 것은 또 대체 무엇일까", 「낮눈」).

2

이 시집에서 가장 먼저 눈에 띄는 것이 사물 쪽으로의 초점화를 통한 내밀화라면 이와 더불어 눈여겨볼 것은 '고요'이다. 내밀화가 시계(視界)를 조건으로 한다면 고요는 형용(形容)을 조건으로 삼는다.

고요를 위해 굳이 입 닫을 필요 없음
고요가 숨 쉴 수 있는 공간만 마련해두면

고요는 그냥 찾아옴

──「불광동성당」부분

사물의 내밀함과의 '내통'을 통해 그 스스로 내밀해진 주
체를 사물과 더불어 감싸는 것이 고요이다. 그런 의미에서
의 고요는 내밀함의 배경이라기보다 내밀함이 풀려나가는
공간의 속성이라고 할 수 있을 듯하다.

실수로 건드린 유리잔이 울린다
순간 영혼이 생겨났다
사라지는 느낌으로

유리잔에 영혼 같은 건 없겠지만
영혼을 믿는 사람이 지나가다 들으면 잠시
멈춰 서서
성호를 그을 것만 같은 느낌으로

잠시 공중이
고요해진다

유리잔에 대고 후우── 분
입김처럼
고요가 공중에 퍼졌다

사라져

공중은 원래 투명한 것이지만
실수로 건드린 유리잔이 울리지 않으면 우린 그게
투명한 줄도 모르고

오직 실수를 통해서만 영혼 같은 것은
잠시나마 생겨날 수 있다는 듯
우린 자꾸만 같은 실수를 저지르는데

어느 날 실수로 창밖에 내놓은 유리잔에는
흰 눈이 가득 쌓인 채
천천히
녹아가고 있었다

퍼붓던 눈이
비로소 한잔의 물로
고요해져 있었다

—「유리잔 영혼」 전문

　실수로 유리잔을 울렸다. 그런데 이 울림 — 물론 우연에
의해서건 물리적 인과관계에 따른 것이건 이 역시 내밀함을
발생시키는 행위임이 틀림없거니와 — 에는 역설이 결부되

어 있다. 유리잔이 울리는 소리 때문에 "고요가 공중에 퍼" 지기 때문이다. 소리가 고요를 낳는다. 어떤 소리가 고요를 낳을 수 있는가? 높은 소리들에 조율된 감각이 미처 발견하지 못했던 조그마한 소리, 다시 김수영의 표현을 빌리자면, 갓난아기의 숨소리와도 같은 작은 노랫소리에 비견될 법한, 작지만 탄성으로 가득한 한 소리가 고요의 쌍생아이다. 시선이 사물의 내밀함을 파고들 듯 작은 소리가 탄성을 일상에 기입한다. 앞서 인용한 「사슴과 유리잔」이 유리잔이라는 사물의 내밀성을 발견하고 이와 접촉하는 경위를 보여주고 있다면 「유리잔 영혼」은 그 교신의 효과를 적시한다. "실수로 건드린 유리잔이 울리지 않으면" 없었을 고요는 사유의 영역에서 하나의 아날로지를 낳는다. "실수를 통해서만 영혼 같은 것은/잠시나마 생겨날 수 있다는 듯" 유리잔을 울리는 손으로부터 멀지 않은 한 영혼도 자신을 고요 속에서 발견한다. 여기서부터는 두개의 경로가 있다, 상승하거나 하강하거나…… 상승은 성찰로 부푸는 잠언들을 낳을 수 있지만 때로 공소하다. 하강은 사물과 세계의 두께 속으로, 그 내부를 들여다보겠다는 의지와 함께 감행되지만 때로 건조하다. 어쩌나……

3

세계 속으로 솟구치거나 사물 속으로 잠몰하는 대신 언어를 세계와 교환하거나 시어로 세계의 자취를 구하는 방법도 물론 가능할 것이다. 그렇지만, 오히려 다음과 같은 방법은 세계의 내밀성에 대한 열망과 그것의 파생으로서의 고요가 낳은 밀도와 긴장을 감당하기에는 적잖이 버거워 보인다.

백록담이라는 말에는 하얀
사슴이 살고 있다

(⋯)

어인 일일까
백록담,이라고 발음할 때마다
살이 오른 사슴들이
빈 표지 같은 내 가슴속으로 다시 뛰어 들어와
마실 물을 찾는다

놀랍게도 물은 늘
그곳에 있다

　　　　　　　　　　　　　　—「하얀 사슴 연못」부분

Waterstone
물돌이라는 이름

돌은 물과 꼭 붙어 있고
흐르는 물에 구르고 구르고 굴러
계속 둥글어진다
돌돌돌돌 굴러가며
모나지 않게
사방이 둥근 존재가 된다

워터스톤이라는 이름을 가지면
그렇게 둥근 존재가 될까

—「워터스톤」 부분

언어에 생성적 힘을 부여하는 것, 혹은 언어 속으로 사물을 소환하는 것은 언제나 충분히 매혹적이지만……

오늘 아침
가슴에 한쪽 손을 올려놓는 것만으로도 가슴속에 사슴
뛰는 소리 들려온다면
그건 그냥 살아 있는 것만으로는 부족해
삶을 향해 마구 돌진하고 싶다는 뜻이고
삶의 푸른 풀을 마구 뜯어대고 싶다는 뜻인데

그렇게 사슴 다 뛰쳐나가버리고 나면

마침내 홀로 남겨진
텅 빈 가슴속
고요

─「사슴 머리 여인숙에서」 부분

언어로 미장하고 의지로 무장해도 고요는 다시 돌아온다. 언어에 기댄 주관적 관념론이나 주의주의(主意主義)는 한때를 버티게 해주지만 큰바람이나 사나운 비는 한나절을 넘기지 못한다. 이 경우 희언자연(希言自然)은 아포리즘이 아니라 물리적 법칙에 가깝다.

그런데, 태도에 있어 언뜻 닮아 있는 듯도 하지만, 다음과 같은 시에선 어떨까?

초겨울 추위 속에 교회 종이 한번 뎅그렁,
내면에 울려 퍼지는 종소리를 들으며
오늘 나의 존재는 종소리 울려 퍼지다 희미해지는 데
까지

한겨울 추위 속에 교회 종이 한번 뎅그렁,
내면에 몰아치는 눈보라 소리를 들으며

내일 나의 존재는 도자기잔 속으로부터 대기 중에 울려 퍼지다
대기와 뒤섞여 더는 구분할 수 없게 되는 지점까지

뜨거운 물과 오렌지 향이 나의 내면으로 흘러 들어와
나의 전신에 퍼져나가는 이 겨울

지금 차가운 창밖으로 고개 내밀어
네가 육안으로 볼 수 있는 데까지가 나의 내면
추위로 얼굴 온통 얼어붙고
너의 흰 뼛속에 스민 추위가 스미고 스미다
희미해지는 데까지가 나의 전신
희미해지다 마는 곳 너머까지가 너의 영혼

고요해진 눈밭에 교회 종이 한번 뎅그렁,
잘 정리된 흰 수염 같은 세상
종소리에 모두들 내면엔 금이 가도
외면엔 여전히 차디찬 고드름

쨍그랑, 술잔을 부딪치던 시절은 이제 안녕
술 없이도 취해 있고
더이상 취해도 취할 수 없는 날들까지가 이 겨울의 끝

테이블 위에는

식어빠진 찻잔 속에 곤히 잠든 오렌지차가 한잔
──「틴티나불리」 전문

종이 뎅그렁, 울린다. 이 울림 소리는 언어 속으로 세계를
소환하는 것과는 벡터를 달리한다. 이 소리는 오히려 자아
를 세계 속으로 방출한다. 그 결과 "내면에 울려 퍼지는 종
소리를 들으며/오늘 나의 존재는 종소리 울려 퍼지다 희미
해지는 데까지" 확산하는 것이 가능해진다. 종이 한번 울리
면 내면에 눈보라가 몰아치고, "나의 존재"는 "도자기잔 속
으로부터 대기 중"으로 확산되어 대기와 "더는 구분할 수
없게 되는 지점까지" 뒤섞인다. 상승이 아니면 탈주일까?
그러나 사물의 속성에 따른 초점화라는 원칙이 고수되는
한, '현재에의 열정'이 중력이자 구심력이 되어주는 한 주관
적 관념론에 자리를 내어주지 않는다.

우리는 앞서 이 시집에서 때로 언어가 세계를 생성하는
양상을 언뜻 살펴본 바 있다. 그런데 인용 시에서 세계와 시
적 주체가 교섭하는 양상은 그와 확연히 다르다. 초점화된
사물의 속성을 계기로 사물의 내밀성을 경유한 시적 주체는
사물 속으로 몰입했다가 반환점을 돌아 세계 속으로 확산한
다. 감각의 경계가 세계의 경계가 되는 양상은 언뜻 주관적
관념론의 논리와도 닮은 듯하지만 여기에는 결정적인 차이
가 있다. 4연에서 다시 정립된 "고요"가 이를 가른다. "종소

리에 모두들 내면엔 금이 가도/외면엔 여전히 차디찬 고드름"이라는 구절이 음계와 시계를 교차시키며 번쩍이는 것은 이 때문이다. 사물의 내밀성을 경유하여 세계로 확산하던 주관은 자아의 세계 정복 야욕이 차디차게 얼어붙는 극점에서 간신히 자신을 붙든다. 다시 한번 고요는 평형, 혹은 이 시집에 더러 사용된 시어로 대신하자면, 평평함의 다른 이름이다. 6연에서 반성적 사유가 가능해진 것은 바로 이 평평한 고요 때문이다. 확산하는 자아는 반성적 계기 없는 확장을 꾀하지만 임계를 지정하는 고요 덕분에 세계 속의, 장소 속의, 권리능력과 권리한계를 동시에 지닌 주체로서 사물과 더불어 귀환한다("테이블 위에는/식어빠진 찻잔 속에 곤히 잠든 오렌지차가 한잔").

4

이 시집에서 고요의 자리는 그만큼 중요하다. 고요는 사물을 내밀하게 발견하는 시계 안에서 초월적으로 상승하거나 물리적·심리적으로 침전하려는 의지와 욕망을 평평하게 붙든다. 때로 휘청 기울지언정 초월적 안일이나 주관적 안위에 끝내 몸을 내어주지 않는 주체의 고요한 시계 속에 현상하는 것은 차갑도록 무심한 아름다움이다.

별들의 속삭임을 듣는 자는 시베리아 아닌 그 어디서
라도
하늘의 입김이 얼어붙는 소리를 듣는다
추운 날 밖에서 누군가와 나눠 낀 이어폰에서도 별들이
얼어
사탕처럼 깨지며 흩날리는
가루 소리를 듣고

머리가 당장 깨져버릴 것처럼 맑을 때
머리가 벌써 깨져버린 것처럼 맑을 때
그런 맑고 추운 밤이면 사방 어디서라도
별들이 속삭이는 소리 들려온다
무심한 아름다움이다

—「별들의 속삭임」부분

따라서, 이 시집 곳곳에 박혀 쩡한 빛을 내는, 무심해서 아름답고 아름다워서 무심한 이미지들은 세공업이나 수집벽의 산물이 아니다. 그것은 내밀함 속으로, 그리고 사물을 끼고 도는 원심력의 세계 속으로, 마침내 다시 고요 속으로의 왕복운동을 거듭해온 어떤 마음이 오래 다녀온 거리의 산물이다. 차갑도록 환하고 환하도록 차갑다.

이제 나는 다른 땅 위에 서 있다

거기서 뒤돌아본 강 위론 아직 눈이 내리는 듯하고
이제 저기로 되돌아가지 않아도 된다는 거
돌아갈 수도 없다는 사실 하나가
추위 속에 견고해진다
폭설은 백지에 가깝고
가끔 눈부시다
그게 그렇게 좋을 수가 없어 나는 또
백지를 본다
백지를 보여준다
내가 쓴 거라고
내가 쓴 백지가
이토록 환해졌다고

―「백지상태」부분

趙强石 | 문학평론가

언젠가 이렇게 쓴 적이 있다. "존재는 소음으로 가득하다. 따라서 내 앞에는 두가지 시의 길이 주어져 있다. 존재의 소음을 최대한 증폭시켜보는 길과 존재의 소음을 최대한 잠재워보는 길. 나는 이 두 길을 모두 가보기로 한다." 첫 시집 이후 대략 육칠년 동안 두 작업은 완전히 동시에 이루어졌는데, 전자의 결과물이 『초자연적 3D 프린팅』이고 후자의 결과물이 『하얀 사슴 연못』이다.

형식 면에서 『초자연적 3D 프린팅』이 세상의 신비를 종이라는 평면 위에 입체적으로 출력해보는 한밤중의 작업이었다면, 『하얀 사슴 연못』은 제목이 말해주듯 주로 '하얀(백색)'과 '사슴(+사슴벌레)'과 '연못(물)'이라는 세 요소의 협력을 전시해보는 개념적 작업이었다. 이 시집이 그 자체로 하나의 전시회 공간처럼 읽혔으면, 그래서 독자들이 마음대로 돌아다니며 요소들의 생성과 변환을 느껴볼 수 있었으면 하는 바람이다.

이제 앞서 말한 두 길을 모두 가본 것 같다. 그런데 이제 와서 다시 생각해보니 시의 길을 두가지로 한정한 것도 좀

우습군. 길 아닌 곳도 걸어가다보면 길이 되어 있겠지. 나는 발길 닿는 대로 걸어갈 것이다. 계속.

2023년 입동

황유원

창비시선 493

하얀 사슴 연못

초판 1쇄 발행 / 2023년 11월 10일
초판 2쇄 발행 / 2024년 1월 16일

지은이 / 황유원
펴낸이 / 염종선
책임편집 / 김가희 박문수
조판 / 박지현
펴낸곳 / (주)창비
등록 / 1986년 8월 5일 제85호
주소 / 10881 경기도 파주시 회동길 184
전화 / 031-955-3333
팩시밀리 / 영업 031-955-3399 편집 031-955-3400
홈페이지 / www.changbi.com
전자우편 / lit@changbi.com

ⓒ 황유원 2023
ISBN 978-89-364-2493-0 03810